KB263131

사랑 따라
바람 따라
물 따라

사랑 따라
바람 따라
물 따라

송암 권태진

성빛

2021년 10월 15일

작은 풀씨가 흙을 만나 죽고 싹이 나 숲을 이루듯
병약한 사람이 예수님을 만나
유·무형 교회의 지체되어 살아왔습니다.
걸음을 멈추고 돌아서 지난날을 추억하니
감사의 맘이 한 편의 시심으로 샘솟습니다.
움푹 파인 아스팔트에 빗물이 고이듯
한 날 한 치의 앞도 예측불가한 목회 속
순간순간의 사건을 기록해 작은 시집을 엮어
43주년 창립의 달에 함께 나눌 수 있어
행복하고 감사합니다.

"내가 진실로 너희에게 말하노니 여자가 낳은 자 중에
세례 요한보다 큰 이가 일어남이 없도다
그러나 천국에서는 극히 작은 자라도 그보다 크니라"_마태복음 11:11

큰 자의 삶의 목표와 방법을 가슴에 품고
범사에 감사하며 살아가고 익어갑시다.

이 시집을 위해 수고한 아내와 성도들,
출판부와 모든 직원들에게 고맙고
함께함에 행복합니다. 사랑합니다.

시를 읽고 모두 행복하세요!

1 빛을 담는 그릇 되게 하소서

2 잎은 빛 따르고

3 사랑 따라 흘러가리라

4 땅 밑 흐르는 생수 되어

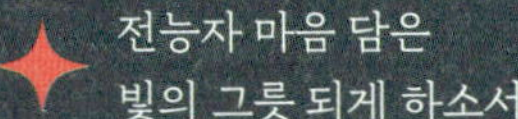

전능자 마음 담은
빛의 그릇 되게 하소서

1

빛을 담는 그릇 되게
하소서

오늘부터

지나간 것 놓고 새사람 길 가련다

오늘은
어제의 선물

내일은
오늘의 연장

오늘부터
시작되는 삶

지나간 것 놓고
새사람 길 가련다

봄비 맞고 지나가리라

✦

산기슭 양지바른 곳
진달래가 웃고
밭둑의 개나리도 합창하니

담 넘어 목련이
훤칠한 키로 조물주께 꽃을 바친다

하늘도 감동해
밤부터 봄비 보슬 내려준다

앙상한 가지는 봄비로 잎 만들고
산중의 고로쇠나무 수액을 채우니

남풍에 실려오는 바람에 푸른 잎 돋아나고
길가에 곱게 핀 벚꽃 날 오라 하지만

불청객 코로나로 입 막은 사람들
웃음 잃은 한 해 되었구나
이것 역시 잠시니
봄비 맞고 지나가리라

물조리개 사랑

수리산 자락
소각장 굴뚝 구름이 품고

훤칠한 나무가
개구리 공원 시야를 가린다

새벽시간 잠 깨어
비 오는 산자락 보며

빗방울과 나뭇잎
입 맞추는 속삭임 듣는다

가끔 번쩍
빛 따라 온 천둥은
어둠 속 잠자는 양심 깨우는
전능자 불호령

가뭄을 힘겹게 견디다 지친 나무들
주인님 물조리개 사랑 입고
좋아하는 기색 역력하구나

벚꽃송이

✦

벚꽃송이

벚꽃 나부끼듯 바람 불었구나

지난밤 살며시 내린 봄비
대지 나무 갈한 목 축인다

남쪽서 온 따스한 바람 맞아
하늘이 웃고
진달래 웃고
목련 만세하고
벚꽃 만개한다

며칠은 견딜 줄 알았던 벚꽃송이
솔바람 타고 흩어지는 모습 보니

긴긴 세월 화목할 줄 알고
권력 위해 무리지었던
정치판을 보는 듯하다

세파에 흔적없이
흩어지는 세속의 모임
벚꽃 나부끼듯 바람 불었구나

강
아
지

/
보드라운 혀로 손끝 핥으니
지친 마음 위로 받는다

태어난 지 며칠 안지났는데
외출했다 돌아온 주인 알아보고
꼬리 흔들며 기쁨을 준다

손 내밀면 발 주고
보드라운 혀로 손끝 핥으니
지친 마음 위로 받는다

태어나면서부터
울어대고 짐 되는 자녀 대신해

개를 아이라 부르는
개 부모 마음을
살며시 훔쳐본다

시련이 있어도 좋으니

✦

열매 맺는 밤나무 상수리나무 매를 맞는다

창가에 기대어 수리산을 본다
아카시아꽃 밤꽃 향
피어오르던 때 지나
열매의 계절 가을

열매 맺는 밤나무 상수리나무
매를 맞는다

가시나무는 피해 가는데
열매 있는 나무는 시련의 때

시련이 있어도 좋으니
보호와 존귀함 입고
거룩한 열매 맺는
나무 되게 하소서

매미만 아는 노래

하늘 높아지고 능금 빨갛게 익어갈 때
숲속 매미 노래한다

여름 지나
열매의 계절 가을을 환영하는 노래인가

가시 주머니 열려 알밤을 토해낼 때
다람쥐 청설모 겨울 양식 준비하며
춤추는 장단의 노래인가

산악의 나무 향해
단풍 옷 갈아입고 여행 준비하라는
당부의 노래인가

너의 노래 너만 알겠지만
숲속의 즐거운 바람 장단에
춤추는 나무들도 행복해하는구나

여름 낙엽

농부의 허탈한 절규를 보노라니 마음 저려온다

산악이 푸르름 입을 때
여름 낙엽 본다

가을 기대한 농부의
허탈한 절규를 보노라니
마음 저려온다

긴 세월 정성 쏟고 사랑했는데
한순간 떠난 자녀
가슴에 무덤 파는 아픔
한줄기의 눈물 쏟아낸다

오고 싶어 온 것도 아닌데
가고 싶지 않은 길 떠나는 인생
어느 길도 마음대로 못하니

즐겁게 살다
좁은 길로 낙원가는 인생
가장 행복하겠구나

흐르는 물처럼

/
지구 둥글어 돌고 돌지만

수리산 너머 해가 솟는다
밤 사이 안개 떠나고 햇살이 차지한 자리

오늘은 저 햇빛 속 만나고 헤어지며
인생에게 주어진 시간
하루의 날줄 엮어가겠구나

지구 둥글어 돌고 돌지만
인간의 삶과 젊음 흐르는 물 같으니

돌개천 노래하듯 성화의 길 통해
천국 향하는구나

빗물의 향연

엄동설한 끝날 무렵
봄의 길목에 내린 비
해빙 사역 하더니

봄바람 함께 내린 보슬비
새싹 틔우고
진달래 목련 벚꽃 만개
갖가지 나무들 춤추게 한다

무더운 날
산악이 목말라 하면
때를 따라 물 주고
생각 없이 버린 쓰레기
썩지 않는 바다로 향하게 하는 비

가을의 문턱
열매 영글게 하고

겨울 초입
뿌연 안개 사이로 내리는 비
창문을 노크하는 빗방울 따라

회개의 눈물 흐른다

비 맞은 옷
한 잎 두 잎 벗어버린 나무
날지도 못하고 떨어진 낙엽 보노라니

행복과 생명 위해 내리는
빗물의 향연 되게 하소서
기도손 모은다

푸른 산을 본다

낙엽 밑 꿈틀대는 지렁이 되어본다

산까치 숲의 품 드나들고
다람쥐는 바위틈 산책
잘생긴 청설모는 나무 위 재주를 부린다

난
한 그루의 나무
까치 다람쥐 청설모 산새
낙엽 밑 꿈틀대는 지렁이 되어본다

잠시 왔다가는 세상
욕심이 잉태한 죄의 길
일용할 양식 족함 없이 양심과 진실 팔아

점토에 점토를
가옥에 가옥을 더하다

낙원길 벗어나 지옥길 택하는
겉사람의 미련함
진리로 깨우치며
참 인간이길 소망한다

햇살 익어가는 가을

무더운 여름 떠나니 하늘이 높아지고
뭉게구름 성을 쌓고 바다 위 하늘 맴돈다

태양과 구름 형형색색 조화롭고
과수원 능금 빨간 볼 드러내고
황금색 배 종이봉지 무장하고
텃밭 언덕 홍시 익어가니
들녘의 까막 까치 떠날 줄 모른다

햇살에 익어가는 빨간 고추
일손을 기다리다
탄저병 찾아와 울고 있구나

심는대로 거둔다지만
날씨의 협조도 필수

농부는 수고 열매 얻기 위해
오곡의 주인님께 기도드린다

멀리멀리 날아라

낙엽아 낙엽아
아쉬워 말고 미련 없이 떠나라

가시나무 낙엽
울면서 지나

감나무 낙엽이어든
열매 보고 웃고 가라

바람 나래 임하거든
하늘 높이 날아보라

멀리멀리 날아

흙 방석 둥지에
눈 이불 덮고 자다
봄 오면 온몸 녹여
뿌리의 양분되어
잎으로 탄생하라

시
월
이

오
면

빛 따라 물 따라 바람 따라 살아온 날

시월이 오면
초심을 잃지 않으려
아카시아 나무 허리 못박은 명패
허름한 천막 옆 세워놓고
하얀 십자가 사진을 보며
강단으로 사용한 철책상
단벌을 가려주는 성의 챙긴다

물건 빛 바래고
내 머리는 민둥산
얼굴은 추수한 콩밭
눈은 희미하고
치아는 남의 것이 반
당뇨는 깊어가나

빛 따라 물 따라 바람 따라
살아온 날 회고해보니
온 성전 가득 메운
신령한 가족들 함께
행복과 보람의 싹 자라고 있구나

빛의 그릇 되게 하소서

✦

동산 나무 밑
낙엽 덮고 살아가는 지렁이
햇빛 없어도
불편 없이 살다가는 생

저 하늘빛 속에 펼쳐진
낙원의 누림
상상도 못한 채
낙엽 밑 그곳 전부인 줄 아니

서로 몸 비비면서 꿈틀대다
산새의 먹잇감 되는
지렁이 생 벗어나

전능자 마음 담은
빛의 그릇 되게 하소서

빛 따라 / 물 따라 / 바람 따라 / 농부의 품 따라
열매 곡간 가는 날 꿈꾸며

2

잎은
빛 따르고

광야길

가나안 향하는 길
불기둥 구름기둥
하늘이 보호하며

군데군데 오아시스
샘물 준비하고

만나가 이슬처럼
내려오고

메추라기 바람 태워
공수해 먹여주는
전능자의 은혜 기억하니

고난이 희망길이구나

오아시스

은혜 감사 사랑 쏟아지는 곳 있으니

사막 여행 길목
오아시스에서
물 음식 쉼을 얻고
다음 오아시스 향해 간다

목적지는 오아시스

바쁘고 조급하면 탈진해 쓰러진다
사막길 이기려면 오아시스를 찾으라

예수
가슴에 생수 넘치는 오아시스

교회
생수 긷는 장소의 오아시스

예배
생수 공급받는 시간의 오아시스

은혜 감사 사랑 쏟아지는 곳 있으니
천국 길 완주하리라

한 마리의 개미

열린 하늘을 보는가

누가 저 하늘 가리울 것인가

저 넘실대는 바다를 보는가

저 물의 양과 무게 달아볼 수 있는가

인간은 하나님 앞에 한 마리의 개미

그 만도 못한 능력

알면 알수록 은혜만 더하니

좁은 길 가는 것 감사하고

자족만 있을 뿐이라

감사한다면

하늘의 태양 산들에 나무
바람 장단에 춤추는 모습 보니 좋다마는

하나님의 형상된 사람
짐승됨을 보니
밝은 눈 원망스럽고

아름다운 노래듣는 귀
거짓되고 악한 소리 들으니
귀먹은 벙어리 부럽구나

불행도
행복도
모두 느끼나
감사하면 행복문 열린다

난
살
아
있
구
나

고난 아픔 슬픔 기쁨 친구되고

참 행복도
참 기쁨도 없이
하루하루
죽지못해 살던 날

불행의 중심 악령이 지배함 알아
복음 받고 죄인 고백하니
회개의 선물 거룩한 영 임하였다

난 살아있구나
고난 아픔 슬픔
기쁨도 친구되고

육신의 아버지 대신해
속사람 아버지의 아들되니
십자가 보혈의 은혜
영육의 삶 감사하다

숨긴 까닭

/
언제 멈출까
그날을 누가 알까

벽에 가지런히 자리잡은
둥근 시계바늘
쉼 없이 돌고 있다

언제 멈출까
밧데리 다 되면
멈추겠지

그날을 누가 알까

그 모든 것 숨겨짐같이
내 안에 심장 멈추는 날
나도 너도 아무도
아는 자 없음은

전능자 권한에 두고
인간에게 숨긴 까닭이라

무엇 따라 흐르나

/
구름은 바람 따라 흐르고
마음은 사랑 따라 흐르고

물은 골 따라 흐르고
차는 길 따라 흐른다

구름은 바람 따라 흐르고
마음은 사랑 따라 흐르고
짐승은 먹이 따라 흐르고
구원받은 영혼은 진리 따라 흐른다

지혜자여
너의 마음과 육체
무엇 따라 흐르나

흐름의 길 보면서
자신을 보려무나

시간
빠르다

시간이 빨리간다

군대에 있을 땐
시간이 더디게 갔고

피곤한 기도실
시간이 멈춘 듯 했는데

평안한 집에서
낮잠 자고나니
벌써 저녁시간

시간은 변함없고
느끼는 사람이 문제인데

변함없는 시간만 나무라니
참 웃기는 일

빛이 임할 때

나 어디 있느냐
나 어디 속했느냐

선악 진실 거짓
나 중심되면 알 길 없고

어둠 속 발가벗음 가리우니
부끄러움을 자랑 삼고
수치심 죽었구나

진리 말씀 빛 임하니
선악이 분별되고
부끄럽고 약함 보여 회개한다

십자가 입힌 은혜
감사 호흡하며
온 생을 바친다

빛 따라 물 따라

한 그루의 무화과 싹이 나고
빛 따라 물 따라
황금 들녘도 바람결 춤춘다

잎은 빛 따르고
뿌리는 물 따른다

빛 따라
물 따라
바람 따라

농부의 품 따라
열매 곡간 가는 날 꿈꾸며
희망을 노래한다

새벽 세 시

/

밤
깊어
두 시 지나 세 시

내 사랑
삶의 여정 피곤하고 지쳐
앓는 소리 호흡하며 잔다

바쁜 하루일과 속
긴장된 몸
좀처럼
잠의 바다로
항해할 수 없구나

서재 책상의자에
비스듬히 누웠다가
시심 깨어 몇 자 적는다

다 가는 길
피할 수 없는 마지막 길
어떤 모습일까

빈손 들고
새벽에 급히 갈 것 생각하니
좁은 영생의 길 당연히 여기며
감사하며 가노라

난 누구인가

무엇 때문에 살고
어디로 가며
무엇을 생각하고
하루를 보내는가

가는 세월 잡지 못하니
젊음이 가고
오는 세월 막지 못하니
노년이 온다

저 말 못하는 나무처럼
봄 여름 가을 겨울
환경의 지배받고 살다
때가 되면 흔적없이 사라지려는가

사람답게 조물주 뜻 순종하며
십자가 밑 백합으로 피었다가
시드는 길 가려는가

절망을 희망으로

황량한 벌판
한 그루의 나무

모래바람 견디며
울고 울어도
눈물은 마른지 오래
하늘도 마르고
강도 마르고
땅도 말라

필사적으로 뿌리 내려
반석의 샘 내는
전능자 사랑 입어

울음이 노래되고
절망이 희망되는 삶
오아시스 되었다

그
밭
에
머
물
라

/

떠날 때는 미련 없이 때를 알고

포기할 것은 해라

떠날 때는 미련 없이

때를 알고 물처럼 흘러가라

인생은 한치 앞도 볼 수 없으니

님이 열어 놓은 길 따라 조용히 갈 뿐

고집 주관 염려 걱정 분노 내려놓고

한 그루 나무처럼 때에 따라 반응하고

생명의 주인 심어놓은 그 밭에 머물라

순종이 지혜

지는 것이 이기는 것

지혜자는 안다

깊은 밤 창가 기대어

깊은 밤 창가 기대어
개구리 공원 바라보니
어둠 타고 다가온 불빛
고요히 잠든 밤 홀로 지키고 있다

지난날 만남과 헤어짐
희로애락 추억 마음에 자리한다

자녀들 장성하여 떠나고
사랑하는 아내와 단둘이

안락한 의자도 불편하고
육체도 짐이 되는 나이

마음은 청춘이라

남은 날 분초 아껴
좁은 길 열매 맺으리라

희망을 노래한다

중년의 들녘

산비탈 과수원 사과나무
줄 맞추어 열매 드러내고
논에는 벼
밭에는 콩과 잡곡
조화롭게 익어간다

흙 가슴
심은 대로 보답하는
가을의 들녘

중년 되어보니
깨달음이 더하구나

사람은 무엇을 심든지 그대로 거두리라
조용히 들려오는 진리

멋진 가을 황금들녘
스승이 되는구나

소중한 남은 날

하루 하루
힘과 열정 다해
주신 사명 감당하리라

마지막 순간까지
구원 사역과
자유롭게 사는 나라 위해
한 알의 밀알되리라

제단에 부어지는 포도주 되어도
물러섬 없이 굳세게
걸어가리라

너의 마음과 육체 / 무엇 따라 흐르나
흐름의 길 보면서 / 자신을 보려무나

3

사랑 따라
흘러가리라

가장의 퇴근길

세상에서 얻은 상처와 아픔 집 안에 내려놓지 않고
환하게 웃으며 아내와 자녀를 맞으리라

세상은
고통 좌절 생존경쟁 아귀다툼 속에 살아가지만
즐거운 나의 집은
사랑과 정 가득하고 힘 있는 자가 낮아지고
조건 없이 사랑하고 섬기며
아무리 주어도 아깝지 않으니
잘 먹고 잘 자고 잘 크기만 해도 기분좋은 곳

티 없이 맑게 웃음 짓는 자녀
종일토록 남편을 기다리는 아내에게
세속의 먼지 털고 넓은 가슴으로 다가서는
넉넉한 사람 되리라

갓난아이

엄마 뱃속 좁은 공간 나와
세상을 보자마자 운다

안도의 울음일까
슬픔의 울음일까
좁은 공간 벗어났으나
앞으로의 삶 염려하는 울음일까

아마도 이 울음은
부모님께 살아있음을 나타내는
생명의 표현
감사의 노래 아닐까

잊혀지지 않는 내 몸과 마음의 고향

온 몸으로 품어
뼈와 살 뽑아 자녀 키우고

진 자리 마른 자리도
사랑 품고 극복하시고

배고플 때 다가오고
병들면 품어주고
잘되면 좋아하신 어머니

떠나버린 고향인 줄 알았는데
잊혀지지 않는 내 몸과 마음의 고향

지난밤 꿈속에 나타난 어머니
힘든 생 살다가 낙원 가신 어머니

나이가 들어가니 그리움이 더 깊어져
소리없는 눈물 베갯잇을 적십니다

어릴 땐 힘들 때 생각났는데
철이 드니 좋을 때 더 생각납니다

나무가 계절 따르듯
나이 따라
사람의 마음
생각과 감성 달라지나

어머니 향한 그리움은 항상
마음 중앙에 있어요
사랑해요 어머니

토요일 밤

주일 강단
설교 내용과
내 모습 상상해 본다

세상에 할퀴고 지친 이들에게
생명의 양식 되길 소원하며

병들고 가난했던
나의 과거에
큰 사랑 입힌 주님 보일까

세상에 실망한
나의 약함 허약한 모습 보일까

주님
십자가 은혜 사랑만 나타내소서
오직 진리와 성령으로

기도 올리고
내일을 위해 침실로 향한다

하신 말씀 능력이라

예수님 가신 길
자욱 자욱
거룩한 변화요
하신 말씀 능력이라

산 들 바다
모두 순종
귀신도 떨고
질병도 치료되니

주님 한 분 만으로
복된 삶 누리어라

힘과 짐

젊음,
서로 힘이 되었는데
늙음,
서로 짐이 된다

힘이 될 때 좋았다면
짐이 될 때 감사하고

짐이 될 때 서로 위로하며
힘이 될 때 행복 키우고
선을 심으라

내 마음 바다 되어

내 마음 넓은 바다 되어
각양각색 고기 키우고

동녘의 해 솟아오를 때
갈매기 춤추는 공간 바친다

내 마음 깊은 바다 되어
인간의 탐심 쓰레기 몰려와도
짠맛 잃지 않고

정오의 햇빛 받으며
은빛 반짝이며

배 지나가며 상처 주어도
바로 회복하니

내일도
희망 넘치는 배 띄우는
넓고 깊은
푸른 바다 되게 하소서

질그릇 부수어라

저 흑암 권세 향해
도전하라

전능하신 창조주 권세로
질그릇 부수어라

사망의 권세 멸하고
택한 백성 살려내자

복음의 능력
성령의 감동
십자가 사랑 입고

골고다 너머
하늘의 영광 보라

군중의 저주 귀를 막고
하늘 음성에 귀를 열어라

가슴에 담는다

한 여학생의 손목에 자해의 흔적 보면서

교회가 영혼의 만족을 주지 못하고
학교가 꿈을 심지 못하며
가정에서도 안식을 얻지 못한
학생의 무기력한 손목을 잡고
조용히 기도한 후
생각에 잠긴다

아파트 숲 밝은 가로등
먹자골목의 네온사인
탁 트인 아스팔트 길도
아이의 작은 마음에 희망을 주지 못하고

세상은 넓으나 그에게는 너무 좁아
자신의 심장을 세우고 싶어
동맥을 끊고자 했으나
그 역시도 안되었구나

아 그립다

나 어릴 적 보리밥도 없어서 못먹고

오디 산딸기 칡 간신히 먹고

메뚜기 여치 잡고

산새 소리 부엉이 올빼미 울음소리 들으며

소 먹일 때도 꿈이 있었는데

지금은 부족한 것 없이 풍족하나

악인의 교육 아이들 꿈 잃게 하니

불쌍한 아이들 위해 기도의 손 모으며

여학생을 가슴에 담는다

끝까지 함께 가자

/
나는 이 밭을 가꾸지 않았는데
내 밭이라니 웬 말인가

지난밤 꿈속 황금들녘 보이셨다
풍성한 열매 온 밭 가득 추수꾼을 기다린다

이 밭 누구의 것인가요 묻는 말에
네 밭이라 하시니 할말을 잃는다

나는 이 밭을 가꾸지 않았는데
내 밭이라니 웬 말인가

은혜 주신 주님이 일거일동 살피시고
목회 복지 순종의 삶 풍성한 복 주심 알아
감사의 손 모으며 꿈에서 깬다

오 주님이시여
님이 주신 밭 씨 뿌림에 동참한 이들
추수에도 누림에도 함께하게 하소서

유다처럼 실패자 아닌
요한처럼 끝까지 함께 가는
복 받은 자 되게 하소서

사랑 따라 흘러가리라

겉사람 육체

속사람 영혼

두 사람 함께 가는 길

겉사람 죽어가고

속사람 살아간다

겉사람 넓은 길 웃고가나 음부요

속사람 좁은 길 고난길도 천국이라

겉사람

속사람의 인도함 받으니

영생복락 누림믿고

사랑 따라 흘러가리라

 이 땅에 공의 진리 / 푸른 숲 가꾸는
성령의 사람 되리라

4

땅 밑 흐르는
생수 되어

도전

마냥 행복 오기만을 기다리고
자신만을 위해 살아가면

희망은
도전하는 사람에게 임하고

행복은
사랑을 주고 받을 줄
아는 사람이 느낀다

마냥
행복 오기만을 기다리고
자신만을 위해 살아가면

희망과 행복
오지 않는다는 것
지혜자는 안다

어둠 속 빛길 걷는다

고난 속 상급 있고
죽음 속 부활 믿음

고난도 죽음도
승리와 참 행복임 알리신
십자가 큰 사랑 생각하니
분초도 소중하다

진리 통해 열린
신비한 세계 바라보며
어둠 속 빛길 걷는다

전능하신 아버지 품에
조용히
생명의 길
영원한 길 가리라

희망의 나무 키운다

동녘의 해
변함없이 솟고 진다

먹구름 하늘 뒤덮어 분열과 단절
사람 사이 거리 두고
마스크로 입 막아온
구년(舊年)의 가난한 심령
진리로 깨어나니

보이지 않는 코로나에
육체는 떨리나
속사람 은혜 입으니

전능자 사랑의 숨결 느껴져
희망의 나무 키운다

시기에 붙잡힌 애굽의 권력
복 받을 택한 백성 악법에 밀려
나일강가에 버려져도
전능자 섭리 속
왕궁에서 모세 양육하듯

우리 민족
자유민주 시장경제 한미동맹
공고히 할 사람 키우겠구나

이제 썩은 뿌리 뽑고
어둠의 먹구름 걷어내는
좋은 날 오겠구나

땅 밑 흐르는 생수 되어

새 생명 되신 주
한 알의 밀알이
썩어야 할 밭을 주소서

다른 사람 어찌든지
나 은사대로

주의 뜻
열린 사명의 길로

좁은 문 향해
땅 밑 흐르는 생수 되어

이 땅에 공의 진리
푸른 숲 가꾸는
성령의 사람 되리라

하늘빛 등대

공중에 권세 잡은 악의 지배
인간을 신음케 하고
어둠이 앞길 가리워
선한 길 막혔구나

하늘 빛 등대
칠흑빛 속 길 여니
암초를 피하고 항구를 찾는구나

아! 저 불빛은
길 진리 생명이구나

영원한 안식의 길 인도하는
저 빛 십자가 붉은 피
상한 맘 흘러드니

심령 천국
잔잔한 파도도 호흡 됩니다

지키어라

예루살렘
바벨론이 점령하니
솔로몬의 성전 해체되고
전능자 버린 바 되니
온 성 통곡한다

에덴의 누림
순종의 삶 열매
불순종의 길
실낙원 향하니

가시 엉겅퀴 길
도적처럼 임함 알고
지혜자로 낙원 누림 지키어라

예수님 생각난다

/
어둔 밤 불 꺼진 방에서
더듬어 물건 찾는 어리석은 자

민주주의의 꽃 선거철 다가오면

모두가 긴장 상태

말씀에 비추어보면 지도자의 자질이 보인다

메네 메네 데겔 우바르신

저울에 달아보니 부족함 드러났으나

그조차 깨닫지 못하는 지도자

선을 선이라 못하고

악을 악이라 못하는 시대

감사없는 엉터리가

찬송하고 기도하고 교인 행세하니

한국 교회는 더욱 혼돈기

어둔 밤 불 꺼진 방에서

더듬어 물건 찾는 어리석은 자

그로 인한 아픔은

십자가 상의 예수님을 생각나게 한다

무엇으로 채우랴

빈 깡통 소리 요란함
누구나 안다

빈 마음
세상에 오염된 사상
불신 불안 불평 채우니
불행의 늪에 빠졌구나

빈 마음
진리 채우고
천국의 지혜 가지어라

믿음 소망 사랑 가득 담아
감사 찬양 호흡하며
영생복락 누리는
참된 행복 길쌈하리라

이민족 살리소서

하늘 영광 입은 자여

일어나 빛 되어라

칠흑 권세 포로된

탄식소리 외면말라

사망권세 이길 능력

사랑 통해 임했으니

독생자 보낸 사랑

믿음으로 영접하여

순종하는 마음

십자가도 함께하자

아버지여 죄인 돌아보사

미련함 나약함 성령 치료하고

성령 열매 맺게 하사

민족을 살리소서

좁은 길 선택하리라

해 아래 낙 심취하여 인생무상 잊었구나

넓은 길 가는 이들
희희낙락 웃음짓고
마음에 좋은대로
진리에서 자유했구나

넓은 문 드나들며
해 아래 낙 심취하여
인생무상 잊었구나

해 저문 들녘
부모없는 아이들 되어
어둔 밤 적적함에
탄식의 때 도래하면

웃음은 울음되고
진리에서의 자유가
사망과 음부 결박되니

불편해도
좁은 길 좁은 문
선택하리라

어찌하여

사람은
십자가 형틀 무서워
도망가고 싶어하는데
예수님은 어찌하여
십자가 메고 골고다 언덕 오르셨을까

어찌하여 도망 않고
중죄인 극형틀
묵묵히 달리셨는가

누가 보아도 실패인데
무엇을 다 이루었다 하시는가

장사 후 삼일
부활로 응답되었고
구름 타고 승천하시는 모습

그 답
십자가의 길
목적지를 알았다

이것까지 참아야 한다

미움을 용서로 풀어내는 큰 사랑

고난주간 십자가 형틀 위
예수님 생각하다
마음에 아픈 상처 눈물이 된다

무죄인 대속의 죄값 치를 때
관가의 녹 먹고 창칼 잡고
이성 없이 명령에 죽고 사는
병사의 창질에 솟는 피와 물

피 쏟게 한 이들
몰라서 행한 행동
미움을 용서로 풀어내는
그 큰 사랑의 종된 나

교회를 코로나 온상지로 몰아가는
천벌받을 이들에 대한 분노
조용히 기도손 모으며
이것까지 참아야 하는 것이라
영육의 눈물 쏟는다

살아있다는 증거

힘들고 어려움 느끼는 당신
살아있다는 증거
희망을 영원에 두니
감사가 호흡이 되는구나

산을 향하여 눈을 들고
천지를 지으신
전능자만이 도우심 믿으니

내면의 깊은 것
숨길 수 없음 알아

조약돌처럼 소복이 담긴
죄와 욕심
회개하고 고치며
희망을 가져보자

고

백

/
부족한 나 한 줌의 흙
택한 백성 한 그릇 담으려 빚으셨네요

하늘 땅 우주
나의 주인님

부족한 나 한 줌의 흙
택한 백성 한 그릇 담으려
빚으셨네요

43년 갈고 닦은 연단의 세월
허름한 육체 가냘픈 마음
자신 없어 쩔쩔매니
부르셨네요

40세 모세보다 80세 모세가
더 마음에 드셨나요
잠시도 안정하지 못한
환경과 물질 어쩌면 좋나요

나는 부인할 능력도 기력도 없으니
주님의 뜻대로 하옵소서
나는 죄인입니다

떨어진 별 되지 않기를

내 자신을 보다가
믿음 없는 모습 보여 눈물 흘린다

전능하신 하나님 십자가의 사랑
하나님의 영광 위해 죽고자 하면 살고
자신을 위해 살고자 하면 죽는다

날마다 망하고 죽는 길 선택하는
믿음 없는 위선자들
한국의 강단을 사로잡았구나

세속 권력의 해바라기
순진한 성도를 미혹하는 위선자
그 옆에 선 나를 보며

주님의 피 팔아
누리고 먹고 사는
물샘에 떨어진 별이 되지 않기를
손 모아 기도한다

천년을 살면 무엇하나

천년을 살면 무엇하나
영원의 심판이 기다리는데

잠시 살면 어떤가
영원한 누림이 있으니

차라리 짧게 살아도
면류관 만드는 고난의 길
수고 누리리라

신천신지 눈물 아픔 한숨 없는
그곳의 백성 어떤가

이젠 비굴 미련 인색하지 말라
강하고 담대하자

살만큼 살다가
십자가의 제물 되라면 되어보자

온 성도여
각오하고 기도하며 일어나자

자유의 열매를 맺으라

순수하고 정 많은 백성
좋은 씨인줄 알고 심었는데
분쟁 갈등 편견 부패의 열매 맺었구나

미련 버리지 못해
꽃피고 열매 맺을 때 기다리나
점점 더 아픔을 주는 나무
나무는 열매를 보면 안다는
진리의 말씀 떠오른다

씨를 보고 분별하는 수준
나무를 보고 열매를 예측하는 수준
열매를 보고서야 그 나무를 아는 수준

열매를 보고 알면 때는 늦다
나무를 바꾸어야 미래가 있다

사과 배 복숭아 열릴 줄 알고
몇 년 동안 흘린 수고와 땀 도적맞으니

농부야 이젠 결단해야 한다
함께 한 이들에게서 돌아서라
그동안 수고 아쉽지만
나무를 베고 진리 안에 검증된 나무를 심어라

못된 나무 잔뿌리가 방해해도
좋은 소식 전하는 사명 위해
일어나 자유를 지키어라

나라 지킴은 생존 문제
대한민국호는 암초를 향해 달려가고 있다

키를 잡은 자 위해 기도하고
다윗처럼 양을 사랑하는 목자 찾아나서자

어둠에 가려 분별력 잃은 백성 위해
세상의 빛 밝히자

착한 행실로 맛없는 음식의 소금되어
살맛나는 세상 만들어보자

분열과 싸움 없이 은사와 기능대로
한마음으로 이 나라 살려내자

소리 없이 각자의 다짐대로
자신이 속한 곳에서
성령의 감동받은 양심으로 행동하며
부정부패없는 나라 만들어보자

약속 믿고 건너보자

요단강 가득
둑까지 넘친 물길
가나안 복지 길 막아서도

약속 믿고 법궤 메고
요단강 들어서자

못한다 안된다 힘들다
크고 작은 문제 평가말고
일어나 일어나 순종해보자

믿는 자 앞에 놓인 기적의 길

홍해는 길 되고
풀무불 불길 죽고
사막은 오아시스 되어

광야에 일용할 양식 넘치는
은혜의 복 함께 누려보자

복 받은 행복한 이들이여

날로 새롭도다

/

질그릇에 담긴 보배
질그릇은 깨어지나
보배된 영혼 주인님 취하시니
겉사람 쇠하고 낡고 병들어도
속사람 영혼은 날로 새롭도다

칠흑빛 속 신음하는 거룩한 성도들아
물샘에 떨어진 별
쓴물에 죽어가는 비운

전능자 은혜
한마음 되어
은사대로 생명 구원하자

자유와 승리는 거저 오지 않는다
공중의 권세잡은 악령 소멸 위해
믿음의 전신갑주 입고
진리의 검으로 무장하자

당신이 한국교회
당신이 대한민국

역사를 부정하면 미래는 없다

일천만 성도여
신음하는 자유 대한민국
회복 위해
모두 함께하자

구름 타고

때는 온다
복음의 양각 나팔 울리며
검은 구름 물러가고
아름다운 구름 타고 오실 날

냉기 쫓아내는 불기둥
태양 막아주는 구름기둥
성막 위에 머물러 갈 길 인도하고
택한 백성 보호한 구름

새해 힘차게 웃는 태양 안고
저 산 위로 흘러간다

저 구름 타고
가신 모습대로 오시옵소서

사랑 따라 바람 따라 물 따라

지은이 권태진
초판발행 2021년 10월 15일

등록번호 제 2003-6호
등록된 곳 경기도 군포시 군포로 487, 402호
발행처 성빛출판사
전화 031-397-6754   **팩스** 031-397-9241
이메일 sungbitbooks@gmail.com
홈페이지 www.sungbit.com

일러스트 이안

ISBN 978-89-87187-01-3 (03810)